少年魂

陳叔祁◎著

原序

余於民國三十七年九月九日重陽日，赴沙溪與窗友餐聚。餐飲之餘，少年的心頓覺海闊天空，大有「一肩擔日月，兩手旋乾坤」之勢，當然國家事更成了吾輩議論焦點，由之慷慨激昂之情奔騰滿座，不可一世。間有投筆救國之議，最受眾人歡呼。除發起當場簽誓外，並公告在鄉窗友，共襄盛舉，數日內竟達數十人之多，足見少年人之心與力之所向。惜夫哉！事因此舉震驚出父老們之諸多責難與阻撓，能終於途者，僅余與何君雪濤二人而已，嗟夫！壯或壯矣！始未料因此一念，不但締造了我家庭悲劇，更迫使我亡命天涯，如今故國已成敵國，親人視若路人，思今撫昔，能不黯然。

十數年戎旅生涯，經歷了慷慨激昂之訓練，和悲憤浴血之戰鬥，也看遍了流徙哀號，屍橫遍野之苦難同胞，及傾牆破壁，煙屑滿地之家園；更眼見高級長官們臨陣脫逃之事跡和台上台下之嘴臉；少年的心冷了，少年的志崩了，少年的熱血變成了冷淚，少年的愛國情操凸出了一大堆疑問——這是我們投筆救國的初願嗎？我們這次的投筆，是對呢？錯呢？——種種無法解答的問題，困擾了少年的心，也扭曲了少年的志節。我，就這樣，既不見容於中共，又不受台灣歡迎，不得不隨軍流落海上，亡命數千里，走盡東南半壁。為了國，我付出了我應付的代價，也傷透了我們這一代人的心，所以，我退伍了，不！是被資遣了！十數年官拜少尉的資歷，連資遣都不予承認的黃金年華，換來了三千零捌拾元新台幣，這就是我的身價，是一種「背井離鄉，出生入死」的酬勞代價。雖然，我無悔無怨，一切出自我志願，怨得誰來？又怪得誰來？

這本小冊子，是我在戰壕裡觸景傷情的記事，及其奔逐中所發之傷感言辭，可說是淚的申訴和血的控告；當然，我並不想亦不願控告任何人，其所以決心整理成冊，並公諸於世，其目的是不願讓這段時間留白，因為我在這段時間裡，活得實在太不值得了，所以特別提出來，讓社會長者賢者，來聽聽我們這一代的聲音。

這本小冊子，完全是用詩詞來譜出當時的心聲；其所以不用散文，原因是詩和詞，是情感的結晶物，不若散文容易引發情緒的走向，再說當時有很多話是不能直說的，這是作者的苦衷，當然也是作者的偏愛；雖在文字中甚多幼稚和艱澀的語句，然鑒於當時之心情及文化根基，實不忍強加修飾，所以除了錯字、別字與特別生澀之字句外，一律讓原文裸陳於尊前，其目的是讓讀者諸君實際體味這些少年當時的心境。

際此自序發稿之時，不期然又熱淚縱橫。少年，熱血的象徵，豪放的代表，多美好的形容詞句。過去，我也曾擁有，而且也還驕傲過；現在，我卻因之而亡命天涯，雖然，我還是熱愛著。現在，我將這本小冊定名為「少年魂」，算是我對你永恆的追憶。被時代失落的少年，安息吧！

叔祁　謹識

民國五十三年八月一日於新營

再序

「少年魂」原稿，本已早於民國五十三年初全部整理就緒，並擬付梓問世；唯事因作者當時係服務於國民黨某縣級黨部，加以當事諸先生依然健在，身為黨工，似不適對黨國有任何個人意見；更何況小冊中頗多悲憤激昂之詞句，深受當時主管與同事之多所質議與規勸，因而延宕。後復因作者環境丕變，日夜纏鬥於現實生活中，以致無暇亦無力付印，故一再延誤長達四十餘年之久，誠屬憾事。

時至今日，一切事過境遷，每當茶餘飯後，常被兒孫追問少年往事，仍不由老淚縱橫，雖然少年已死，但老兵依然健在，乃不由又引發「少年魂」之重生，由而假工餘之暇，重校重編，力求中正，挑燈捉卷，半載有成，過時而起，雖有負原序之所期，但作者本無追究歷史之心，今雖付印，僅不過聊作他年之回憶，及不希望這段黃金年華，空留白卷而已，尚祈讀者諸君，以平常之心，鑑赤子之情，賜予斧琢，予願足矣。

叔祁　再識

民國九十六年五月予南縣歸仁

目次

F調2/4

少年悼歌

曲
詞：陳叔祁

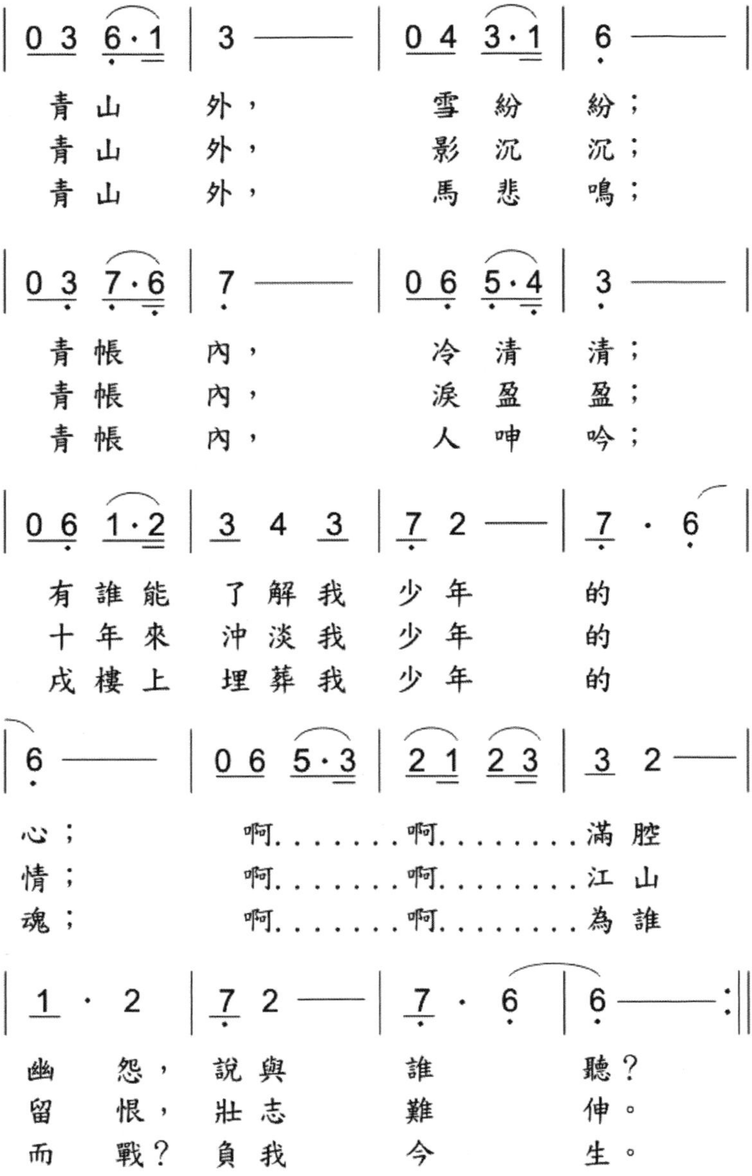

青山外，雪紛紛；
青山外，影沉沉；
青山外，馬悲鳴；
青帳內，冷清清；
青帳內，淚盈盈；
青帳內，人呻吟；
有誰能了解我少年的
十年來沖淡我少年的
戍樓上埋葬我少年的
心；啊.........啊.........滿腔
情；啊.........啊.........江山
魂；啊.........啊.........為誰
幽怨，說與誰聽？
留恨，壯志難伸。
而戰？負我今生。

一、故事細說從頭

退役感言

少年豪氣撼家園
枉入軍門若許年
只道中原堪走馬
誰知瀛島困征船
一腔熱血千行淚
十載狼煙萬姓咽
嘆我途窮空有志
留將長恨訴雲天

叔祁留於
民國四十八年六月
於資遣日

我本名陳恢耀，字叔祁，湖南祁陽人氏。自民國三十七年——初秋起，因江北軍情吃緊，學校為安全起見而紛紛停課或遷移，以致我們這一群變得無校可讀，迫使居家閒散。唯少年好動成性，在百無聊奈之情況下，乃發起重九日登沙溪觀（乃本鄉補教聖地）舉行同學會，藉以連繫感情。在茶餘閒話中，大家莫不為時局日下而痛心；間有暢言投筆從戎者，贏得滿座歡呼，並相互激勵勸勉，當場簽誓表心，一時熱血沸騰，澎湃本鄉遠近，和者爭先恐後接踵而至，造成了本鄉青少年從軍之高潮。

當其時，適有陸軍美制M一九六師奉令在湖南成軍，並於長沙及衡陽兩地展開招考基層幹部的工作。本鄉虹橋站亦設有考場，因而應試者眾。參與者約包括本鄉之大專青年及周氏私立「達孝中學」全校師生等，幾迫使該校廢校關門，由而驚起全鄉父老之憂心，及引發社會輿論譁然，以致造成了各界的強力干預，迫使大部份學生退出，到最後，只有我與何君雪濤（時為達孝學生）二人成行。此事本為青少年自發性的「愛家愛國」表現，不期被地方渲染成忤逆叛道的行為，實大出我等意料之外，這就是我們投筆從戎的由來，也算是「少年魂」故事的起點，以後各個細節，請讓我慢慢道來。

大概是同年十月吧，該部招考奉令截止，各地錄取之考生蜂踴而至，迅速成軍，假衡陽市郊雞窩山民祠作臨時集訓基地，正式開訓。同年底，江北軍情告急，各地政府亦緊急善後中，民間已開始動盪不安；加之流言廣州也沉浮不定，中央為綏靖東南，乃著令本部移師廣州，以資策應。車次韶關，凌晨突困暴雨，直至午後始晴。我等因火車長途顛波，甚感勞頓，趁休息之便，群起至韶關尋古探幽，途見災黎扶老攜幼，漫山遍野而來，狼狽不堪言狀，這是我們第一次見到災情，我開始懷疑，為什麼會這樣？同時也開始意識到我們所擔負的責任。

次日黃昏，車止海珠橋東，為免驚擾居民，本部特奉命整隊出城，也就便展示美制陸軍之裝備與儀容。當晚夜宿番禺縣棠下村，據上級告知：粵民較梟悍，常對外客不善，尤以槍枝最為所愛，我等係新成軍，遇敵經驗不足，最好以雙崗出勤，以免受狙，此乃我等初嚐戰地之風味。

三十八年初夏，白雲機場整訓初成。部隊為改換裝備，亟需大量教學人才，因此特將我等派入位於廣州白雲山下之「陸軍第九訓練處」受訓。所謂「陸軍第九訓練處」，是陸軍訓練司令部所屬之第九處新兵械訓練中心，為專業培訓教育人才之基地。山左即廣州白雲山舊機場，山上為東南氣象站。營內各區，俱是些輕、重武器的操作、試射及保養場所。區內警衛森嚴，鎮日槍聲不斷，我等約在此半年時間，終於完成了凡美軍步兵用武器的全盤訓練，回部參與教學。約莫二、三個月之後，突然傳出我部有內奸，並煽動我二營兄弟以假令調防而行集體逃亡事件，因而警驚中央，致迫使無法繼續集訓。事後調查，原來是國際共產黨第七縱隊所玩的把戲。當時我部奉令一面追捕逃亡部隊，一面全力清剿區內共黨勢力。結果，在一次無意的掃蕩中，竟然逮獲國際共黨第七縱隊的特派員叫ㄨㄨ紅的到案，由而引起中共的全面怒吼，曾動員東南集團軍七個軍來東江包圍本部，企圖一舉殲滅，未料均被我軍各個擊破。因為當時我部係新式美軍裝備，不僅編制大、火力強，而且機動性特高，成為中共最大剋星。彼共軍在失敗之餘，乃發動同路人向中央脅迫，以「不合國情」為由，強力要求改編本部，將一個戰無不勝的湘軍（M師），改編為普通師，不僅人員裁減過半，連武器及裝備也抽出五分之三以上，儼如抗戰時期的普通師，造成了後來湘軍一路挨打的主要原因。

本部自改編成普通師之後，與另兩個廣東師共同隸屬於ㄨㄨㄨ軍旗下。本來這兩個廣東師是負責地方防務，而本部則奉令集訓。不知何故，軍部反令本部接收原屬二師之防務，而換成二師集訓。並將二師所屬之防地，概由本部獨力承擔，計有河源、紫金、藍塘及惠陽等地，竟以一師之眾駐防數百里，顯為助長共軍消滅湘軍之圈套，也因之引發了一連串被圍、受困、血戰增城（增城係M師編餘之湘軍兄弟駐地），以及東江搶渡，與虎門遙祭等悲慘事件。毋怪乎當我們在紫金城被包圍七天七夜，一再電請軍部及二粵師增援均未有回應。原來二粵師早已降共，而軍部因兩師變節而棄我潛逃，以致我部獨陷大陸，處處被中共追趕打殺，死傷慘重，到事後才知是他們設計好的圈套。

事猶未已，當我們從東江歷劫歸來，艦停海口，幾次向海南島防部請求登陸，結果均被防部所拒。原來那位棄我部潛逃的ㄨ軍長，業已安全回台，並向中央謊報所屬三個師全部攜械投降。今中央探知我軍全裝退出大陸，疑亦受共軍陰使而謀海南島，故予以拒絕。此時我軍已久受海浪沖擊及斷水斷糧之苦，亟欲著陸振頓，不得已只好先入雷州半島尋求補給；旋因顧及此地仍屬內陸，易受土共騷擾，自非久留之地；為保存國家實力，乃決定強渡海南島。幾經派員溝通，並接受調查後，始准登陸，讓部隊獲得喘息機會，這一切都是我們高級長官的恩賜。

時至三十九年秋，中共為求解放台灣，以人海戰術，強攻金門古寧頭，掀起另一場血戰。中央為恐金門有失，不就近派兵支助，反令本部從海南島星夜火速馳援。幸甚！不待我軍登陸，古寧頭已宣告大捷，事情大出中央意外。如今金門已捷，自不宜再讓我部登陸，但又不便改令回台，因為中央一直誤信逃將之言，懷疑本部之忠誠故也。因此，乃再假以舟山兵力薄弱為由，改令本部繼續航向舟山，藉以鞏固防務，可見中央對本部防範之一般。如今想來，不由不令人撫槍長嘆。

舟山群島，乃係一組集大小百數十個小島聚合而成的小島群。在國防上，她是我國江浙兩省的門戶；在經濟上，她更是我國東海第一大漁場；對我等世居內陸的一群大孩子而言，本該是新奇而又充滿吸引力的。可惜！當時在一片風聲鶴唳中，她早已失去原來可愛的面貌，更何況遇到的是我們這一群不懂得欣賞的海上流浪客呢？老實說，我們流浪海上的日子太久了，已經令我們見到海就怕。回想自虎門退出大陸起，一連串經過了海南島、澳門、香港、汕頭、金門、馬祖而到舟山，已經環繞了整個東南海域，全程二千多里，沿路跌跌嗆嗆，亟像是災民逃難一般，個個早已疲憊不堪，除了無精打采地看看海上日出及與船爭游的魚群外，誰還有心來欣賞這趟「海上旅行」呢？坦白說，這趟海上的長途流浪，除了飽受顛波之苦外，同時還承受中央一再不予信任的打擊，使得這一群原本懷者滿腔熱血的投筆者，內心中真正的不是味道；好像一群在外飽受驚嚇與饑餓，處處受人欺侮，回到家卻連門都不准進的孩子，又如何能高興得起來。雖然，我們仍懷著滿腔愛國的情操，但已經歷了太多人情冷暖與戰火洗禮，心情已越來越低調，就這樣，我們在糊糊塗塗之中進駐了舟山的岱山島。

大概是金門古寧頭事件的衝擊吧，也或許是美軍顧問團的建言，與其派兵駐守大陸邊緣而又鞭長莫及之荒島，不如集中兵力，全力防守台澎方為上策。因乎此，乃出現了舟山島撤防之議。可憐舟山島民，凡男性自十二歲至五十歲之居民，一律限令隨軍遷台，獨讓老弱婦幼留守。此令一出，全島一片哀聲震野，尤以一般婦女，為救自己的父祖、丈夫、兒子、兄弟等，獻出了家中所有的一切，甚至連自己的貞操都奉上，依然無法挽救。嗟夫！多殘酷的戰爭啊！百姓何辜，為何殘忍如此？我等身歷其境，雖然感同身受，但格於上級軍令，又能如何？臨撤退的途中，全島哭聲震天，行道兩旁夾跪著婦女，滿頭鮮血，無言地含淚相送，直教我等以淚相和；間有無法自持者竟以自殺謝罪，或與災民抱頭痛哭。然大局如此，徒喚奈何？短短數里之遙竟走了近三個小時，若非上級下令啟航，還不知拖到什麼時候？

舟山雖屬撤退，幸好外圍有美軍護航，故得以安全退回台灣。然而自此時起，我等除了愧對當年投筆之意願外，更引發出一連串的疑問：「戰爭一定要這樣殘忍嗎？是救民呢？還是製造人民的苦難？我們究竟是為何而戰？又為誰而戰呢？」這一切當然是永遠找不到答案的。就這樣，個人心情常結，也深嘆人生之無常，因而常尋詩酒為伍，想藉此來麻醉自己，尋求解脫；因夫此，以後的一切，大多以詩詞來遊戲人生。最後我僅以舟山撤退歸來一詩中的：「心寒國事千千結，情愧蒼生萬萬年」這兩句話，來終結這個故事吧。

二、詩詞之旅

（一）投筆記：

民國三十七年重九，沙溪校友聚會，茶餘閒話，均感時局日下，不由悲憤填胸，間有倡言投筆者，贏得滿座激昂，當即簽誓表心，一時熱血沸騰，澎湃遠近，和者不知凡幾，創吾鄉學子從軍之始。

之一

聞道兵燹殃滿天，不由年少怒詩篇，
家園何辜遭殘劫，父老豈容任辱冤，
生我本來為國用，感時安可讓人先，
男兒熱血沸如許，不斬樓闌誓不還。

之二

國事如斯生亦哀，羞從紙筆訴胸懷，
願將鮮血臨空灑，誓向赤魔奪命回；
書卷已無情理在，槍桿或可是非裁，
而今我把頭顱賣，問誰需要帶刀來。

集訓記：

同年十月初，陸軍 M196D 新成軍，奉命在長沙及衡陽諸地招訓基層幹部，招示之初，各地學生蜂擁而至，迅速成軍，同月下旬即假衡陽郊外雞窩山民祠正式開訓。

烽火連天熾，神州幾度傷，
八方齊赴難，四海競戎裝；
日夜軍操急，晨昏號角忙，
沙場無憾事，男兒當自強。

遊韶關：

同年底，天寒地凍，江北軍情吃緊，兼之廣州又日漸浮沉不定，中央為綏靖東南半壁，決移師廣州，以資策應，車次韶關，凌晨突困暴雨，至午後始晴，群去韶山尋古，途見災黎遍野而來，狼狽不堪言狀，此乃我等第一次親眼所見，不禁悲從中來。

雁城才惜別，風雨會韶關，
千里凌虛渡，三湘幾日還；
傷情哀國事，無語問蒼天，
袍澤今何幸，男兒五內酸。

韶關弔古：

遍地狼煙起，將台日夜開，
寒光驚鐵帳，苦雨洗塵埃；
古塞今猶昔，英雄去復來，
前人靈未遠，莫教雁鴻哀。

廣州軍次：

次日黃昏，車止海珠橋東，沿途難民，扶老攜幼，逶迤匍行，哀號載道，不忍卒睹。我等整隊出城，夜營番禺縣棠下村，連日車旅顛波，士皆疲憊，但粵人梟悍，常對外客不善，上級嚴告必需雙崗出勤，以免受狙，此為我等初嚐戰地特有之風味。

汽笛聲聲破彩虹，千軍齊聚海橋東，
映空斜照隨衫綠，蟄地寒霜伴日紅；
令馬嘶殘驚虎帳，哀鴻聲斷困征蓬，
山河雖碎恩猶在，有待男兒慕愨風。

初入廣東番禺縣棠下村，驚粵人劫槍，奉令雙崗執夜勤。 *圖左為作者

夜值勤：

聞道粵民儘悍郎，
荷槍實彈出勤崗，
夜光疏影疑人近，
簷雨殘聲擾夢長；
似有似無遊目亂，
若明若暗客心慌，
敵情安得驚如許，
誤把操場作戰場。

白雲山下：

陸軍第九訓練處，設於廣州白雲山下，為一永久性之陸軍輕兵器訓練中心，山左為廣州舊機場，山上為東南氣象站，該中心為專業訓練陸軍輕兵器教官而設，我等係精選而來作專業訓練。

白雲山上白雲翔，鎮日槍聲鎖界疆，
偌大荒坪排古陣，萬千樓閣演刑場；
日操兵械分還合，夜出山林攻復防，
好箇英雄文武藝，男兒能不氣昂藏。

遊魚珠砲台：

魚珠砲台，乃黃埔港門禁重地，為我國南海之門戶，也曾為國雄鎮南海多年。現雖老舊，但當年雄姿仍在，我等慕名而來，乘結訓返部之機會，特到此一遊。

絕壁懸崖闢砲窗，長風雄鎮海南疆，
平眸遠近分防務，昂首高低劃戰場；
萬馬奔騰皆腹道，千軍作息僅犁坊，
山河雖舊威猶在，豈叫紅蕃偷渡江。

教官生涯：

兵器結訓，奉令回部待命。暫集居隊部，由單位接送上課，共歷時三月餘，後因內部出現共諜滲透，致部隊無法集訓。

＊ 後排中為作者

之一

練就百般武，
懷藝下鄉城，
荒坪排野幕，
教室課忠貞；
水域傳神技，
夜光度敵心，
率真無他意，
期勿作孤魂。

之二

寒窗苦習作疆臣，練就金鋼不壞身，
日課操場誇格鬥，夜遊郊野演拿擒；
英雄自有欺天術，國士還需救世心，
莫道戰爭皆萬惡，救人救己拯蒼生。

追叛營：

分發部隊年餘，飽嚐跋涉之苦，加以任務頻繁，途中無法集訓，因之將我等一律編入連隊，從事文書工作，引起了不少怨氣，再因部隊倉促成軍，幹部係臨時糾合，既無軍系淵源，又缺人緣脈絡，以致軍令不明，上下猜忌，致導引中共趁機離間，一個大好湘軍，竟一夜支解離散，軍中不乏兄弟朋友同伍，今成敵我不分，真是痛不堪言。

本是三湘旅，今朝兩地分，弟兄啣令急，百姓導航驚；
潮落疑無路，漁光似有聲，小船拍浪遠，大澤抱江橫；
迤迤浦中水，淒淒心外情，泱泱何處是，望斷石歧城。

部隊整編：

由於前遭中共離間不成，後因幾次圍剿得勝，導致中共及其同路人咬牙切齒，於是風風雨雨，由戰場轉至廟堂，藉口以M師編制不合國情為由，強迫改為普通師，抽調上半人力及裝備，以達到削弱戰力之目的，自此軍心惶惶，種下了全面撤退之遠因。

之一

薄暮逢叼雨，關山勒令飛，
軍強遭野妒，國亂議朝非，
兵馬兩分線，人員半出幃，
可憐常勝旅，不敵殿堂杯。

之二

廟堂一席話，竟作白頭吟，
本是三湘旅，今分兩地行；
心寒憐父老，國亂恨奸臣，
安得魚腸劍，長河斬惡鯨。

之三

落落秦關月，淒淒塞上春，
途窮豪客少，世亂鬼神驚；
風雨來時路，江山夢裡心，
可憐浪遊者，盡作斷腸人。

接防：

一連串的挫折，引發了無限的悲傷，有為者力爭機會以求自保，他們寧可背道，絕不輕言犧牲，因之乖令悖行之事，層出不窮，我等首當其衝，一師之眾，竟令駐防數百里，已犯兵家大忌，更那堪在位者臨陣脫逃，棄部隊於不顧，因而締造了突圍、被困、搶救、流亡等慘烈事件，這就是我高級將領的傑作，無怪乎要退出大陸。

急行軍之一

重編原待訓，矯令轉東江，
跛足追殘月，赤心保故鄉；
關山千里渡，家國百年傷，
此去將何似？男兒幾斷腸。

之二

此去為誰忙，湘軍泣戰場，
臨危猶叛國，乘亂早離鄉；
落落悲黃埔，悽悽弔黑崗，
封疆留不住，羞煞少年郎。

駐防感懷：

之一

泣別家園又一秋，天涯夜夜訴從頭，
三湘子弟隨風散，萬里江山逐水流；
報國有心才不濟，救民無力恨難休，
橫刀且把戍樓上，原野蕭蕭處處愁。

之二

寒鎖戍樓夢不成，客居豈獨倍思親，
南來空負凌雲志，北望還羞菽水情，
潦倒人生虛歲月，幽浮家國亂乾坤，
而今四海隨緣去，從此天涯各自分。

調防紫金城：

紫金城原為地方民防所守，上級恐有失，特急令我部接防

雨過寒風急，征塵怒若飛，
夜闌心似煎，時亂訊如迷；
鄉土今猶昔，親朋昨已非，
沙場留古憾，含淚撫征衣。

紫金城突圍：

果然，來此尚未佈局，就被共軍縱隊團團圍住，日夜苦戰達七天之久。也曾急電請求軍部及二廣東師支援，均未見回應。城內婦幼傷亡慘重，本部為減少民眾死傷，乃決定突圍。

四壁高崗射火喉，孤城夜夜戰荒坵，
盈街婦幼屍橫地，遍野兒郎血凝溝；
大好河山今古恨，萬千黎庶死生愁，
連年爭戰說誰是，任教哀鴻悲不休。

藍塘被困惑謠：

藍塘乃我部友軍駐地，上令至藍塘集結待命。待我部抵達後，城內一片投降氣氛，使我軍敵友難分，情況至為混亂。幸我部及時制止，否則後果不堪設想。

走馬藍塘氣若浮，那堪糧斷困征途，
長槍有韻依天嘯，短笛無腔信口噓；
是戰是降相對泣，為敵為友兩徒呼，
謠言到此利如刃，幾叫男兒不丈夫。

夜戰增城：

之一

增城為我部編餘湘軍弟兄之駐地，共軍圍我末得逞，乃轉攻增城以洩恨。我軍自藍塘集結後，連夜奔赴馳援，由之展開一場血戰。

哨馬傳符令，增城救友營，夜闌強作渡，枵腹苦行軍；
士老心猶怒，兵哀氣欲吞，共懷家國恨，洒淚報鄉親。

之二

號角攝三魂，夜空血照明，寒刀劈塞月，熱淚洒幽靈；
烈烈英雄膽，悽悽手足情，爺娘日去遠，移孝報堂恩。

東涜搶渡：

經增城血戰後，我部弟兄已全部集結完成，亦探知廣東二師早已降共，軍部亦棄我而逃。此地已無我立足之地，乃計劃從東江出海。唯此時渡河工具均為當地土共押移對岸，本部只得以人力先渡河搶奪渡河工具。

歷劫歸來晚，漁郎早作囚，
求生誓出海，避難強行舟；
尋浪翻星斗，伏泅格鼠牛，
東涜一葦渡，月落滿江秋。

（二）淚灑東江：

在此一連串的折騰中，我部弟兄個個人仰馬翻，有氣無力。眼看家園日益遠離，不禁悲從中來。

之一

仰首雲天萬念灰，悽悽含恨拜塵埃，
家園一別尋千里，從此兒郎去不回。

之二

縹緲鄉情五內酸，漫天煙雨鎖轅轘，
家園從此無歸路，辜負堂恩二十年。

之三

曠野簫簫宇宙風，蘭閨夢斷泣征鴻，
沙場一覺知誰健，前日兒郎馬革中。

之四

絕域淒淒午夜長，斷腸人在海南疆，
遙憐鏡裡紅顏淚，猶自愴愴拜月娘。

再見吧！——故鄉：

出虎門港外，風高浪大，我部正煩無法出海，忽見一大型登陸艇停於港外，經連絡後始知為中央派來接運軍部撤退者，我部乃告知一切，並請求登艇未果，只好強行登艇，向大陸揮淚而去。

之一

此地一為別，海波千萬重，浪推山色遠，淚共夕陽紅；
有劍何堪折，不才苦計窮，悠悠家國恨，無語望蒼穹。

之二

淚眼背轘轅，關山路幾千，途窮遊子恨，國亂孤臣憐；
軍敗如山倒，魂歸著夢還，扁舟從此去，一號一聲天。

海峽傷魂——遙祭（瓊州海峽）：

眼見遠離家鄉，不期然眾皆放聲大哭，間多有跪拜告別者，引發全船弟兄無限哀思。

之一　哭妝台

一柱清香萬縷情，海天頻弔淚盈盈，
妝台莫怨東風惡，誰願春閨作夢魂。

之二　哭妝台

幾許相思幾許憐，少年恩愛夢難圓，
傷情最是三更別，辜負紅妝萬萬年。

之三　哭堂

山色空濛淚眼迷，堂前顧影雨棲遲，
生兒本望承歡歲，誰料年年盼子歸。

之四　憶兒榮華

怒海滔滔星月沉，風傳稚語放悲聲，
遙怜待哺嗷嗷客，半作孤兒半浪人。

國土之末——雷州半島：

歷劫歸來，船停海口市外海，幾次請求登陸，均被防部拒絕，蓋因中央早被逃將誤傳軍情云本部已降共，今見全裝而退出，疑遭共匪挾持而謀海南島，奈我軍久受海浪顛波及斷水斷糧之困，亟欲著陸，不得已只好先進入雷州半島。

天涯何處是兒鄉，海角荒荒蔓葛長，
聊落數椽埋煙草，崢嶸半壁閂斜陽；
空餘浩魄溶寒露，不見炊嵐出亂崗，
如此山河如是月，離人能不淚汪汪？

強渡海南島：

雷州荒涼，居民早空，部隊無法作適當補給，加以地通內陸，易受土共騷擾，實非久留之地，乃不得不強渡海南島。

之一

海角傳聲午夢飛，汪洋聊借一枝棲，
中原已盡英雄淚，此地何妨再一回。

之二

渺渺汪洋一劍開，千軍浪裡展雄才，
海風莫怨秋刀急，為保青山我自來。

海南島即景：

絕域幽情急就章，漫天煙草鎖蠻荒，
沙淘白沫魚穿浪，椰剪清風蕉送涼；
山水無方秋欲裂，雲嵐作瘴景如狂，
渺渺薄海茫茫夜，半是粼光半月光。

(三)海上流浪：

增援金門：

中共為求解放台灣，乃於三十九年秋某日，繼以人海戰術、殘破工具，強行登陸金門古寧頭，展開一場血戰。中央惟恐金門有失，乃急令我部星夜兼程增援，幸甚，不待我部登陸，而古寧頭已宣告大捷，唯此行之真正用意，還是在測試我部之忠誠云耳。

之一

又見狼煙起，兵符勒令飛，恨隨波浪激，義薄暮雲低；
立足豈容犯，求生事可悲，寧為百戰死，壯士復何為。

之二

流落天涯怨道休，狼煙又起古寧頭，
恨無金劍誅元寇，愧抱銅駝作海囚；
浪裡浮沉明日路，沙場馬革此生求，
金門一戰定中命，留取丹心照漢秋。

古寧頭大捷：

雨過山青萬里晴，金門一戰轉乾坤，
哀軍敵愾寒奸膽，國士同仇壯義旌，
骨暴銀沙留閨夢，屍橫黃土作遺魂，
古寧千載傳佳話，誰記妝台血淚聲。

舟山之旅：

舟山群島乃江浙之門戶，集大小百數十島而成，亦為我國東海第一大漁場。我部原奉令增援金門之戰，嗣因古寧頭已告大捷，中央警覺舟山兵力猶薄，恐再次受擾，乃轉令改航舟山，實則為中央仍對我部猶存戒心故也。

捷報聲聲撼客船，此心不解為誰怜，
將軍百戰歸塵土，壯士十年泣杜鵑，
顧我自悲傷白髮，嘆他飲恨哭黃泉，
踏波欲把中原問，鴻雁哀哀不忍前。

海上觀日出：

夜迫東窗著曉裝，粼光片片射螢場，
光融瓊宇開天闕，彩被蜃樓鬥紫皇，
雲裡紅球溶欲裂，天邊金劍疾還長，
須臾團火翻霞浪，兑化人間作太陽。

東海漁場：

舟山的確是個好漁場，只因沿海為防中共攻擊，均設有水雷，漁民因而不敢出海。每至傍晚時分，魚兒沿水岸叫嘯，甚有跳上沙灘者。我等常見婦女與兒童在沙攤上游玩，原來她們在捕拾魚兒，亦怪事也。

晚霞初照水粼粼，絕域粼光放籟聲，
潮面波波鱗戲浪，岸緣霍霍鳥撩雲；
有聞東海魚掀網，未識舟山島作門，
此地漁郎天上客，沙灘常見戲鰭人。

駐防岱山：

一路顛顛困暴瀾，昂然喜見市招幡，
行囊已罄無多贅，器械猶存不忍看；
防守岱山長作客，途經定海暫營盤，
月來嘗遍狂濤味，夜夢愴愴步履艱。

舟山撤防：

舟山撤退，為充實反共武力，上令凡十二至五十歲之男性，一律限令隨軍遷台，獨留老弱婦幼。一時全島哀聲雷動，尤一般婦幼，為自己父、夫、子、弟等付出了極慘痛之代價，仍無法挽回厄運，嗟夫，人為之浩劫如此殘酷，我等身歷其境，幾同身受，能不愧然。

戰鼓又龍吟，聲聲欺敵心，旌旗掩星月，艇艦造風雲；
囊簡凌空渡，軍疑迤邐行，借來諸葛計，以進撤防營。
婦幼各成獨，兒郎皆義民，悽悽天日暗，號泣撼蒼冥；
悠悠我心憂，創傷自此深，時乎臨浩劫，誰慰斷腸人。

首次登台：

舟山撤退歸來。

百劫歸來意淡然，迷迷浪裡背轘轅，
心寒國事千千結，情愧蒼生萬萬年；
熱血有餘才已盡，孤忠無慰淚猶憐，
而今台島隨緣住，從此家園各一天。

情結：

見舟山之浩劫，感人生之無常，其情常結，然天意如此，又豈僅人為。

萬物靜觀豈偶然，癡人何自苦熬煎，
江山不會因誰變，生死安能儘我憐；
浩劫來回天作主，輪迴在命鬼無偏，
從今莫問人間事，杯酒樓台學散仙。

金門行：

奉調戍金門。

之一　登陸之夜：

壯士復征塵，途窮撼客心，黃沙籠塞月，碧海困遊魂；
踽踽人間道，荒荒世外情，地緣一水隔，何日望中興。

之二　戍樓感懷：

溶溶寒夜月，海浪訴鄉情，家在雲橫地，夢迴月下門；
痴痴千里目，落落萬年心，淚洒天涯路，遊人幾斷魂。

之三　金門即景：

壯士又天涯，海風笑落霞，
沙隨平野盡，浪打戍樓斜；
有樹枝難葉，無霜草不芽，
荒荒碉壘接，金板送歸鴉。
（註：碉樓常敲鋼板傳更）

登太武山——長嘯：

橫戟高崗怒不休，蒼穹也喜好權謀，
百家生息任塗炭，萬里江山作放流；
忍教妖魔興浩劫，誤將污水淹神州，
凌霄若果違民願，莫怪穿雲射斗牛。

弔古寧頭：

之一

曠野蕭蕭星斗閑，金門一戰震人寰，
千堆白骨還塵土，萬縷幽魂哭榆關；
空剩石牆留血案，忍將閨怨訴情天，
古寧自此寧無憾，赫赫威名中外傳。

之二

前為增援金門而未果，今再駐防金門而弔之，莫非真有緣份耶？

面對古寧百感深，不期今我竟臨登，
沙場白骨堂前淚，薄海冤魂怨女聲；
留記當年生死恨，遺存此地是非情，
將軍百戰知誰健，儘作春閨夢裡人。

(四)青雲無路：

投考軍校：

軍校在鳳山復校，余時以金門區考生，參加復校招生第24及25期兩次考試，歷經師、軍及防區等預試，未料至校本部都因色盲而被淘汰，至此已深感報國無門，因而放浪形骸，鬱鬱於詩詞之間，淒淒於情感之外，嗟夫，時也命也。

赤足請纓步履坷，事緣軍系費研磨，
寒窗苦習尋源地，禿筆豐收登預科，
只盼一朝完宿願，誰知兩次失門羅，
雄心逐日隨流水，鬱鬱碉樓放楚歌。

鄉愁——明月照離人：

之一

一著戎裝百事嗟，今朝淪落此天涯，
無情白髮催人老，有志青雲憎命差；
夜夜寒潮分水界，年年明月共流霞，
碉樓遍是離人淚，何日關山渡暮鴉。

之二

孤舟秋泛仗誰憐，塞外思鄉路幾千，
海峽星河傷客夢，戍樓更鼓撼歸船；
寒光空照三湘楚，浩魄還憐兩岸緣，
最是今宵嬋娟月，簫聲和淚共雲天。

之三（浪淘沙）

今夜又中秋，獨上層樓，雲天深處是衡州；
夢裡不知身是客，強作神遊。
歲月不人留，老病堪憂，明年此夕共誰愁；
萬水千山歸不得，恨上心頭。

之四（江城子）

一輪浩魄又重臨，憶天倫，淚濕衿，相逢何日細語訴晨昏；
咫尺家園歸不得，凝眸處，儘傷情。
半生幽怨苦遊人，夢難成，恨亦深，天涯流落處處哭迷津；
此景此情誰與共？望明月，痛斷魂。

柳營熱淚：

投考軍校失敗，深感青雲無路，由之心情常終日鬱結。

之一

朝夕一登臨，簫簫班馬鳴，
江山遊子淚，風雨故人情；
有命難從好，無才悔倩纓，
悽悽荒外月，惱煞少年魂。

之二

海疆誰在作圍屏，迫使炎黃兩地行，
萬里河山成煉獄，千年文物化流雲；
遙怜紅粉尋夫訊，猶痛嬌生呼父聲，
最是傷情堂上淚，深秋長夜喚遊人。

之三

悽悽又一年，不忍話從前，
干戈風追冷，征衣月撫寒；
河山羞國士，草木泣狼煙，
鏡裡紅顏淚，倚門望客船。

送何君雪濤入軍校：

何君雪濤，乃同鄉虹橋人氏，入伍時相遇旋即成為摯友，且入伍同窗，分發同僚，歷經死生數年，情逾手足，自軍校於鳳山復校後，余曾參加首期（二十四）應試，惜因色盲而退，二十五期兩人聯手應試，結果彼被錄取，而我仍以色盲遺返，值茲入營前夕，特治以水酒以壯行色。

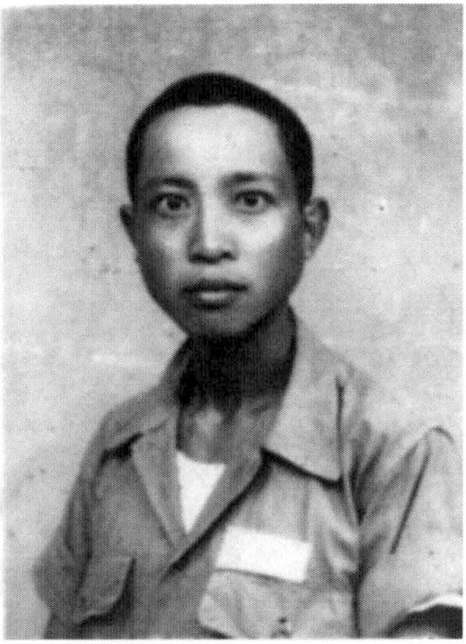

何君雪濤入軍校前特贈此照並在背面題字期勉作者

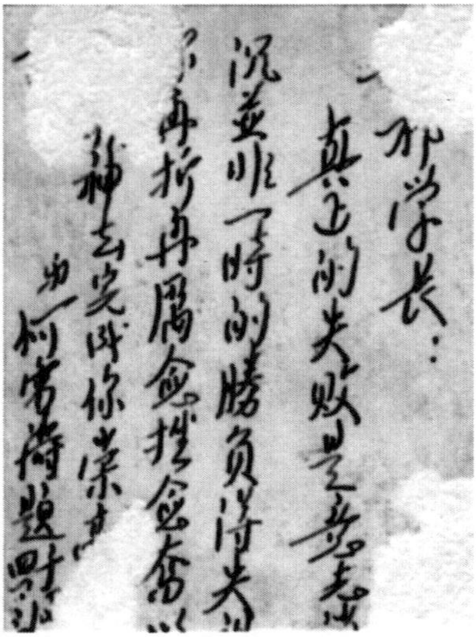

之一

此別意何如，金樽相對噓，死生懷結義，患難憶扶蘇；
救國今分手，勤王昔共書，他年謁虎帳，莫把扙藜疏。

之二

寒月弄平沙，杯杯醉影斜，送君無別憾，怜我有情差；
早晚宜多意，河山急待家，兒郎千里志，指日嘯中華。

春秋怨：

青雲無路，故常尋詩酒以自慰。

春夢——（相見歡）

昨夜又到江南，飛渡山，故國依然淡雪鎖春寒；
人去後，物依舊，小庭閒；
獨剩一輪明月照斜欄。

春愁——（長相思）

風亦煩，雨亦煩，孑孑影兒薄薄衫，燈殘獨依欄；
月如鉤，水依樓，一樣清波一樣舟，奈何處處愁。

秋怨——（小桃紅）

不怨秋光早，不怨紅綠老；
只怨秋風，落葉簫簫，愁添多少？
望天涯雁陣撼瀟湘，聲斷情難了。
庭院任由掃，窗影任由鬧；
鄉夢未歸，關山阻隔，淒涼懷抱；
你可知遊子思家園，是怎的味道。

故鄉情——（憶江南）

之一

江南月，今夕又重圓；
曾記故鄉春似錦，紅男綠女舞輕煙，千里共嬋娟。

之二

江南柳，新綠弄春柔；
枝軟不堪風雨折，黃鸝欲唱語還休，留待繫歸舟。

之三

江南道，曲折又泥濘；
梅雨不解山路苦，含煙鎮日鎖鄉城，行人幾斷魂。

之四

江南夜，夜夜夢難成；
蛙鼓不知歸路遠，三更猶在共爭鳴，道是故鄉情。

（五）悔作出征人：

入政工幹部學校：

鎮日吟哦，心緒亦苦亦樂，然總有若失之感，時幹校譯訓班假新北投政工幹校校址招考第一期生，友等力勸一試，未料竟成金門考區之獨佔生，本不擬去，奈防區屢電促成行，不得已勉強報到，從此亦終身受困，命也。

終日苦吟紅，物閒天地空，
長癡非久計，高臥豈初衷；
志遠驚雲惡，心寒怨道窮，
友情原足慰，一試困樊籠。

報到——自勉：

千里赴黌宮，寒窗莫論雄，
時來需自覺，天意仗人功；
道惑宜禪悟，途窮且笑逢，
他年誰省得，留與醉談中。

校風：

此校乃蔣經國先生為政戰主任時手創，因此校內一切行動言必稱主任，故有被譏為「此地無元首」，亦特別也。

一上復興崗，週遭覺氣芳，
校風文武藝，師席百千強；
此地無元首，立門有義方，
軍園創獨格，政戰果名揚。

課業：

競競若臨淵，癡心作蓋仙，
文章成數碼，言語變符籤；
以假傳真訊，將真匿假言，
夢中猶苦誦，客誤不知眠。

編隊：

九中隊為女青年隊，十中隊為譯訓班隊，共隸屬第三大隊，兩隊凡事必爭，論公為水火，論私若情侶，尤喜怒無常，彼隊甚團結，我隊則時有人倒戈，真難處也。

男女別陰陽，朝夕共隊疆，
夜修常捉月，日課互提漿；
有事必相抗，無情遍自傷，
嬌嬌巾幗態，顛倒少年郎。

時在新北投幹校譯訓班與第九中隊（女工幹部）合照
*末排左起第一位為作者

幹校受訓同學遊北投公園　*左起第二位為作者

結業待嫁：

原本申請敵後工作，不期一律編入部隊中，亦命也。

業滿復征塵，慌慌待嫁心，
願尋敵後路，偏教伍中行；
妝罷倩郎惜，情歸怨命輕，
半年百八夜，一紙困終生。

探友祝婚：

回原部探友，適逢老同事大喜之日，賀客促余即席以春光祝婚，並於禮堂當眾朗誦，滿堂大喜，亦創舉也。

金縷固所欲，少年價更高，百歲曾幾時，轉眼風流少。
勸君莫遲疑，春光易殘老，欲報三春暉，需趁春光早。
好春光！春光好！早占取；
別待春光老！別待春光老！

殘英劫（清平樂）：

時鄉愁苦結，文友二三，堅邀踏青，途經溪流，見殘英夾岸，更不知隨流而去者凡幾，不勝傷懷。

春去將半，花落春江岸，
春泥得桃花幾瓣，春水也得幾瓣；
代桃花埋怨東風，怎讓春水分半，
一齊化作污泥，薄命也還情願。

又七絶——之一：

休笑紅顏不惜春，東窗夢覺了無痕，一朝薄命隨流去，誰記當年待嫁心。

之二

恨不相逢未嫁時，而今塵水兩棲遲，多情反被東風誤，半侍春流半作泥。

之三

不愛花紅愛落英，花紅原只一年春，時來花謝紅何在？只見春泥苦護根。

茶亭記趣：

夏日苦長，營中晚餐後，依然烈日高張，無所事事，乃群呼外出尋芳，但泰半留戀於茶肆中，因有侍女奉杯故也，僚屬盛情難卻，竟不期引發巧思。

月下情——七絕：

贏得菊花伴裊蘿，今宵別有醉人多，茅蘆難鎖青春色，

留取金針月下磨。

西廂下——（碧牡丹）：

怎便叫來也？
花正濃，月正瀉，隻影徘徊，真箇癡情難捨！
輾轉思量，為何遲不駕，敢莫是，情緣假？
檢羅衿，隱待西廂下，究竟郎心何嫁？
漏盡更殘，又是舊愁新惹。
何太薄倖，誤我青春夜，苦相思，恨難寫。

送常善和尚雲遊：

常善，關子嶺碧雲寺駐僧，余駐白河時，與之頗有吟和之情，年近六旬，對余甚友善，一日忽發願雲遊，余特贈以此詩，後不知所終。

贏得青巒伴古梵，此生未了了靈山，
衿嵌白霧心長暖，袖捲清風氣自蘭；
芒履踏翻塵俗路，木魚敲落古今煩，
而今四野隨緣去，五岳台前証涅槃。

梨園行——觀平劇有感：

移師台南，適逢秋節勞軍，演出平劇，唱做俱佳，緣其間有隨軍來台之名角在也，只因為了生活，不得不再次粉墨登台，實則幕後之辛酸「又曾何忍與人言」。

浪跡江湖似野流，台前台後各千秋，
碎花小步紅顏老，翎羽高歌白髮憂；
屏角猶傳伶女淚，馬蹄徒惹少年羞，
前人恩怨今人話，留待梨園作楚囚。

乞婦吟——（江城子）：

某日，友邀至台南市區遊蕩，途經公園，遇一中年乞婦于門口，其情楚楚，及問乃外省人，舉家避共來台，途中家人亡殆，僅餘隻身，又舉目無親，年少被騙而落入青樓，後因惡病而被逐，至今以行乞維生，殊堪憐憫。

朝來聊落晚來憂；
語還羞，淚自流，花花世界，冷暖復何尤；
我亦朱門千戶女，因國難，墜青樓。
三春只為少年遊；
老來愁，過通州，長亭古道，歌板泣殘秋；
村犬不知窮滋味，猶在那，吠不休。

鳳山訪何君：

時又歲暮，計與何君別約年餘，思念甚切，乃趁假期往訪，驚見余已升敘，余乃將別情概為敘述，始釋所疑。

作者攝於民國四十二年臘月

（憶秦娥）

別來好？無情歲月催人老；
催人老，落落鄉關，淒淒懷抱。
金門一別鴻泥緲，難奈只有趁春早，
趁春早，贏得此身，愧煞年少。

迎春曲：

何雪濤來台南共歲。

何雪濤來台南度歲，後不久即因病住院。 *右為何君雪濤

（憶秦娥）

遠山笑，春郊花鳥隨風鬧，
隨風鬧，綠影婆娑，
翠迷紅俏。
把酒吟歡祝運道，
但願年年哥倆好，
哥倆好，飛上枝頭，
仰天長嘯。

四總探病：

時軍仍駐台南，職掌南部山營訓練，余亦奉命專司教材書撰，約每月來回。某日剛歸，何君突訪，并云已住四總月餘矣。次日往探，囑余代進鄉味泡菜，以釋鄉懷。余驚異，乃全力以進，惜山營新課已開，電促急歸，軍令難違，以致無法兼護，奈何！

之一——（憶秦娥）：

燈花鬧，（時山營無電）冥冥直覺心煩跳；
心煩跳，突如其來，無端病倒；
為釋鄉愁把菜泡，心勞力拙病房跑，
病房跑，鄉語依依，鄉情待了。

之二——（憶秦娥）：

真難料，鐵打英雄如枯槁；
如枯槁，大腹卞卞，骨嶙皮燥；
會診束手葯無效，他鄉孤影悽懷抱，
悽懷抱，臨別依依，此情安告。

哭何君：

時值四十三年三月，連日大雨傾盆，雷電交惡，山營之訓重創，余亦因病回南就醫，冀望探視何君，未料竟已人去床空，據告：「前夜雷雨大作之際，即何君飛昇之時，臨去泰然，若無不了心願，善後之事，已由軍校處理等」嗟夫，何君，汝何遽歸？汝何忍別？果無憾耶？

何君最後遺照

之一——（卜算子）

哭君君不知，喚君君不應，
安將天柱作琴絃，恨震凌霄聽；
君在兩相依，君去我還病，
誰怜孤雁更南飛，朝夕哭雲陣。

之二——（卜算子）

雷電豈無情，汝別別難忍，
大好春光大好風，甘落迴峰頂；
何忍遽言歸，山河猶待整，
他年古道總銷魂，留我恨長永。

月夜弔何君——（生查子）：

去年明月夜，杯酒話前情；
浩魄映階冷，丹香入幕馨。
今年月如舊，秋桂已銷沉；
雲捲山風急，空餘松壑鳴。

永恆的知音——新詩體：

瑟的絃，依然是那麼鏗鏘，但曲譜已滿覆灰塵；
我很想彈出這人間滄桑，可是……寄給誰聽。
啊！多少悲歡離合！多少苦辣甜辛；
如今！這茫茫人海，我將何處覓尋？
高山兮巍峨！流水兮千里；還有誰能了解彈奏者心靈？
啊！我那永恆的知音。

醉中行：

自何君去後，心神若失，終日無喜無怒，亦不知其所以。過去，每逢生日，不論遠近，必有以賀，如今，誰來伴我、慰我，殘酷人生，夫復何言。值茲二十六歲生日，倒不如盡情一醉。

對酒當歌，人生幾何？
行樂宜時，得歌且歌。
雖有所好，其奈情何；
雖有所戚，其奈天何。
人心危危，天命噩噩；
瞢瞢天視，憂戚如何！

我非無忘，儒訓浩蕩；
我非無將，世態炎涼；
安得唯唯，益彼魔障；
安得諾諾，與汝諧亡！
聖道不常，人情流放；
哀彼國士，心碎神傷！
生也不時，流杯苦唱；
還諸天地，醉臥沙場。
我心悠悠，我歌惶惶，
他年誰健，珍兮殘觴。

花之怨——（憶江南）：

之一

春去也！離別太匆匆；
多少豪情多少淚，一朝無語化飛鴻，
相思訴夢中。

之二

夏去也，冷雨洗斜陽；
歌苑樓台聲色遠，餘暉疏影射東篁，
無語伴西窗。

之三

秋去也，寒月亂鬢霜；
孤鶩斜陽千古怨，悲風吹淚過衡陽，
雲深總斷腸。

之四

冬去也，新綠又重重；
往昔情懷花月淚，煙波猶幸水玲瓏，
小閣待春風。

（六）澎湖之旅：

部隊輪調澎湖，初駐馬公本島，次年始接漁翁島防務，由於海防，所餘時空遼闊，因之私有時間亦多，茲整錄其愛者，以誌當日之情懷。

澎湖即景：

九秋一逝沙彌天，無果無花地若眠，
紅粉皆成蒙面客，綠簷盡作石頭園，
風狂直斷行車路，浪野橫吞過海船，
入夜荒涼如末日，寂寥怒哮鬧人間。

馬公年夜感懷：

臘鼓聲聲迫歲除，遊來海角戍通衢，
綠衣襟短風還怨，紅燭心寒淚不居；
人皆有家同錦夢，我獨無伴守金奴，
憑欄欲送千山目，怒海淒淒空自噓。

沙丁漁場有感：

澎湖以盛產沙丁魚出名，漁季每網數萬尾。

魚少不知愁，苦海結伴游，
玲瓏秋欲滿，憔悴味猶饈；
情至遭漁妒，時窮怨命休，
天羅誠浩劫，一網斷東流。

漁場夜獵記事：

澎湖農曆六月後，無風無浪，夜獵之良季也。

頭束聚光燈，淺海捉浪行；
遠眺如香港，近睥若水晶，
人魚同吻戲，男女倩扶情，
此景應天國，醉歸幾銷魂。

詠古榕：

通樑古榕，為澎湖十景之一，枝葉覆蓋數十畝，相傳為明末大陸漁民避風所遺，合抱巨幹數十，已不知何為主幹，位處渡口，行人及漁戶多駐此落腳納涼或避風雨，現鄉民已附會為神，立廟祭祀中。

海風不識方，遊侶慕通樑，
葉覆千山月，枝撐四野颺；
晴來留客夢，雨過送漁郎，
最愛九秋晚，杯杯話故鄉。

白沙灣沙灘：

白沙鄉之海灘，白沙垠垠，其白如銀，其潔如雪，夏秋之季，誠消暑之聖地，惜尚未開發。

信步度銀沙，風和帆影斜，
潮來魚躍浪，波去鳥追蝦；
破沫尋仙貝，留蹤戲物華，
腳翻千里雪，月下共流霞。

金門砲戰——「八、二三砲戰」詠事：

四十七年八月二十三日中共掀起砲洗金門，每一平方米約落彈十餘發之多，引起中外震驚，我得美協防之助，化驚險於無形，亦炫耀我實力於中外，中共又一次斷羽而歸。

之一——聞訊

古寧不記傷，隔海又逞狂，砲雨夷荒島，煙硝沒哨崗；
求安猶可忍，救國豈能忘，自此還顏色，威名天下揚。

之二——馬公即事

百里一孤荒，勞師千萬強，海空頻出陣，中美共征航；
艦影連雲幕，砲聲撼國疆，馬公城不夜，肝膽照前方。

之三——金門頌

海峽開天門，煙硝鎖渡津，掘灘渡水鴨，造霧掩空勤；
方寸皆梅陣，平沙盡蟻行，金門長不老，一戰奠中興。

之四——砲戰詠事

百里平沙十萬坑，梅花摺陣撼飛塵，
秧歌畢竟非王氣，史冊長遺黷武名。

之五——感懷

地緣一水隔，何事又猙獰，本是同根長，那堪誓死生；
淒淒堂上淚，落落故鄉情，海峽恩先逝，天涯幾斷魂。

漁翁島之旅：

漁翁島乃澎湖縣之西嶼鄉，為澎湖之次大島，與馬公遙遙相對，本島全係漁家，民情古樸，惜建設落後，舉目荒涼，兵戍於此，益增塞上之感嘆。

又是一年明月照離人：

之一——（憶秦娥）

中秋夜，滿腔幽怨向誰說；
向誰說，前情待了，新恨又結。
錯把生離當死別，而今義斷情難絕；
情難絕，三生有恨，天毋不缺。

之二──（長相思）

月如盤，人依欄；
一樣秋光一樣山，閨中只獨看。
月如鉤，掛梢頭；
簾內香腮幾度秋，巫山點點愁。
月如畫，桂影斜；
雲外湘江霧裡花，何處是兒家？
月如鏡，照今塵；
一種相思兩地情，悔作戍征人。

重九記舊：

今日又重陽，相思淚兩行，
豪情留惡夢，盛氣負紅妝；
馬革寒閨月，蟬琴悲晚霜，
海流日不轉，遺憾痛雲鄉。

迎春：

客舍又迎新，淒淒塞上春，
風吹營帳淚，雨打戍更人；
仰首吟關月，舉杯望楚雲，
江山千里目，一醉一傷魂。

澎湖報社：

澎湖建國報社，乃地區性刊物，編者作者多為現役軍人，余此時頗閒散，常為該社寄稿，因獲文友亦多，編者為提倡文藝創作，曾開闢不少專欄，給予作者廣闊園地，當然，報社收獲亦豐，據云曾先後發行專欄單行本達十數種之多，惜余因早退，致未收存，亦憾事也。

答聘——（江南春）：

纔了春風，又逢化雨，點滴清涼如許；
最難忘薄海路迢迢，三生幸，長記取。
一葉孤舟，十年戎旅，處處夢魂獨駐；
何也幸今夕又逢君，如不棄，願共與。

和姜展鵬秋菊十詠：

一、訪菊

何處東籬秋訊遲，情鍾長眷小園西，
臨風醉笑羞還怯，好箇瑤台冰雪姿。

二、種菊

盜得瑤台秋外秋，小園西畔共扶修，
金風莫笑寒根弱，留待霜深始出頭。

三、灌菊

閒伴晨昏共俗爭，羞嬌作態意輕盈，
來朝甘露蘇靈氣，獨傲東籬看落英。

四、問菊

一樣花開汝獨遲，倚籬何事苦幽思，
滿園芳草連天綠，敢為知音去未歸。

五、賞菊

一枝狂怒襯叢青，瘦骨蘭姿不了情，
贏得東籬長買醉，他鄉何患葬詩魂。

六、詠菊

對酒狂歌興自豪，推敲猶惜体羞嬌，
流杯且共西風舞，笑抱寒英恥聖朝。

七、供菊

移供東窗只為風，誰知賦性恥虛榮，
多情反被多情誤，千古含冤話夢中。

八、憶菊

一年容易又春流，座對東籬百感悠，
荒埔猶怜枝葉老，那堪風雨掃殘秋。

九、弔菊

幾許東風幾許傷，短籬猶記鬧斜陽，
清高豈許春光早，傲骨千秋只祭狂。

十、畫菊

傲骨堂中怒未休，孤芳猶記鎖群尤，
東籬豈肯長居守，留贈人間唱晚秋。

專題集

報社為提升作者與讀者之情緒，特自民國四十八年元宵節起，分期推出專欄，以專案、專題、專詠型態出現，盛極一時。

秋江六弄（漁父吟）——（清平樂）：

一、秋江月

秋水澄澈，桂枝斜欲折，
帆外秋風掃落葉，才圓又被弄缺；
蘭橈劃破紅顏，煙波蕩漾三千，
霓舞婆娑嫣笑，情連天上人間。

二、秋江雨

蘆花飛過，急雨送秋波，
烏雲片片任鴻破，蘆岸卿卿我我；
雨來寒攝秋江，雨去煙鎖斜陽，
獨任扁舟自在，綸竿曲水流觴。

三、秋江潮

月黑風高，新漲灘頭鬧，
遊波陣陣橫江掃，惱煞蘆邊宿鳥；
江上煙雨朦朧，江心波浪千重，
漁火星光對照，儼如水上長虹。

四、秋江雪

北雁南去，大地無情緒，
僅留衰草斜陽住，相對默默不語；
漫山白雪傳秋，水天一色輕柔，
萬里風平浪靜，扁舟獨釣源頭。

五、秋江雁

塞霜凝結，雲低天欲雪，
南歸一歲一愁絕，求生悲呼聲裂；
暮雲人字匆匆，關山萬里飛蓬，
但願高歌遠暢，莫教魂斷迴峰。

六、秋江夜

漁火點點，短棹隨風轉，
漁歌隊裡鬥鱗鮮，聲撼秋江歸雁；
月圓秋滿肥多，扁舟自在銷磨，
一陣綸竿起落，撥剌浪裡翻波。

（七）解甲還林：

四十八年六月，幾經申訴終於獲准資遣。僚友聞知後，特為之餞行，戎旅十餘年，一旦離群獨處，不勝惆悵，特即席口占，以謝古道熱腸。

餞別——即席口占：

莫唱陽關古道紅，長亭最易夢魂空，
辛酸且讓他年憶，免教曲終淚亦終。

辭行：

昨夜星辰昨夜風，杯杯相醉海潮東，
羞將成敗訴知己，敢借肝膽勖弟兄；
往日情懷千古憶，他年際會九州同，
長亭就此長揖手，寸寸相思在夢中。

退役感懷——（憶江南）：

空有志，無力挽乾坤；
十載沙場雲與月，百年悲憤死和生，曲我少年情。
空有淚，家國久無音；
日夜長怜孤寡怨，晨昏猶聽喚兒聲，聲聲痛斷魂。
空有恨，誰解箇中情；
只道三更圓宿願，誰知一覺困南瀛，悔作出征人。

解甲歸來——書懷：

之一

走馬南台日已斜，青衫依舊笑年華；
早知一事無成著，老死田園未必差。

之二

十年一覺夢猶驚，萬里江山一夜沉，
解甲猶餘家國恨，留將頹筆寫鄉魂。

之三

少年豪氣付東流，大好年華戍塞休，
歲月空餘前日夢，誰怜夜夜哭床頭。

之四

曾記重陽作誓書，滿腔豪氣撼凌虛，
而今空負千行淚，媿煞男兒不丈夫。

之五

解甲閒歸萬念空，獨怜流落海潮東，
他年若問沙場事，前日兒郎舊話中。

之六

日日憑欄醉影斜，關山路斷幾人家，
閒來試解情中結，也傍莊田習種花。

解甲後的第一夜：

之一

離群獨夜夜難眠，長抱閒愁數更天，
秋蟋不知遊客怨，猶自窗下說從前。

之二

篁影漫莊樓，山溪日夜流，推窗尋舊夢，邀月共雲遊；
小築情千結，大荒景一坵，歸來情已憊，無處不鄉愁。

之三

少年豪氣撼家園，枉入軍門若許年；
只道中原堪走馬，誰知瀛島困征船。
一腔熱血千行淚，十載狼煙百姓咽，
嘆我途窮空有志，留將長恨訴雲天。

少年悼歌：

青山外，雪紛紛；青帳內，冷清清；
有誰能了解我少年的心！啊！滿腔幽怨，說與誰聽？
青山外，影沉沉；青帳內，淚盈盈；
十年來扭曲我少年的情，啊！江山留恨，壯志難伸。
青山外，馬悲鳴；青帳內，人呻吟；
戍樓上埋葬我少年的魂，啊！為誰而戰，負我今生。

國家圖書館出版品預行編目

少年魂 / 陳叔祁著. -- 一版. -- 臺北市 ：
秀威資訊科技, 2008.06
面； 公分. --（語言文學類；PG0187）

ISBN 978-986-221-026-0（平裝）

855　　97009977

語言文學類　PG0187

少年魂

作　　者 / 陳叔祁
發 行 人 / 宋政坤
執行編輯 / 詹靚秋
圖文排版 / 郭雅雯
封面設計 / 蔣緒慧
數位轉譯 / 徐真玉　沈裕閔
圖書銷售 / 林怡君
法律顧問 / 毛國樑　律師
出版印製 / 秀威資訊科技股份有限公司
台北市內湖區瑞光路583巷25號1樓
電話：02-2657-9211　傳真：02-2657-9106
E-mail：service@showwe.com.tw
經 銷 商 / 紅螞蟻圖書有限公司
台北市內湖區舊宗路二段121巷28、32號4樓
電話：02-2795-3656　傳真：02-2795-4100
http://www.e-redant.com

2008 年 6 月　BOD 一版
定價： 170 元

讀　者　回　函　卡

感謝您購買本書，為提升服務品質，煩請填寫以下問卷，收到您的寶貴意見後，我們會仔細收藏記錄並回贈紀念品，謝謝！

1.您購買的書名：____________________

2.您從何得知本書的消息？

□網路書店　□部落格　□資料庫搜尋　□書訊　□電子報　□書店

□平面媒體　□ 朋友推薦　□網站推薦　□其他__________

3.您對本書的評價：(請填代號　1.非常滿意 2.滿意 3.尚可 4.再改進)

封面設計____　版面編排____　內容____　文/譯筆____　價格____

4.讀完書後您覺得：

□很有收穫　□有收穫　□收獲不多　□沒收獲

5.您會推薦本書給朋友嗎？

□會　□不會，為什麼？____________________

6.其他寶貴的意見：____________________

____

____

____

讀者基本資料

姓名：____________　年齡：_____　性別：□女　□男

聯絡電話：____________　E-mail：____________

地址：____________________

學歷：□高中(含)以下　□高中　□專科學校　□大學

□研究所(含)以上　□其他__________

職業：□製造業　□金融業　□資訊業　□軍警　□傳播業　□自由業

□服務業　□公務員　□教職　□學生　□其他__________

請貼
郵票

To：114

台北市內湖區瑞光路 583 巷 25 號 1 樓

秀威資訊科技股份有限公司　　　收

寄件人姓名：

寄件人地址：□□□

(請沿線對摺寄回,謝謝!)

秀威與 BOD

BOD（Books On Demand）是數位出版的大趨勢，秀威資訊率先運用 POD 數位印刷設備來生產書籍，並提供作者全程數位出版服務，致使書籍產銷零庫存，知識傳承不絕版，目前已開闢以下書系：

一、BOD 學術著作—專業論述的閱讀延伸
二、BOD 個人著作—分享生命的心路歷程
三、BOD 旅遊著作—個人深度旅遊文學創作
四、BOD 大陸學者—大陸專業學者學術出版
五、POD 獨家經銷—數位產製的代發行書籍

BOD 秀威網路書店：www.showwe.com.tw
政府出版品網路書店：www.*gov*books.com.tw

永不絕版的故事・自己寫・永不休止的音符・自己唱